¡Sigue aquella abeja!

Un primer libro sobre las abejas en la ciudad

Scot Ritchie

Traducción de Roxanna Erdman

VISTA® HIGHER LEARNING

 SANTILLANA USA

Para Katherine, quien sabe de la belleza de un jardín y las abejas que lo acompañan —S. R.

© 2022, Vista Higher Learning, Inc.
500 Boylston Street, Suite 620
Boston, MA 02116-3736
www.vistahigherlearning.com
www.loqueleo.com/us

© Del texto y las ilustraciones: 2019, Scot Ritchie

Publicado originalmente en Estados Unidos y Canadá bajo el título *Follow That Bee!: A First Book of Bees in the City* por Kids Can Press. Esta traducción ha sido publicada bajo acuerdo con Kids Can Press Ltd., Toronto, Ontario, Canadá.

Dirección Creativa: José A. Blanco
Vicedirector Ejecutivo y Gerente General, K–12:
    Vincent Grosso
Desarrollo Editorial: Lisset López, Isabel C. Mendoza
Diseño: Paula Díaz, Daniela Hoyos, Radoslav
    Mateev, Gabriel Noreña, Andrés Vanegas,
    Manuela Zapata
Coordinación del proyecto: Brady Chin,
    Tiffany Kayes

Derechos: Jorgensen Fernandez, Annie Pickert Fuller,
    Kristine Janssens
Producción: Oscar Díez, Sebastián Díez, Andrés
    Escobar, Adriana Jaramillo, Daniel Lopera,
    Daniela Peláez
Traducción: Roxanna Erdman

¡Sigue aquella abeja!
Un primer libro sobre las abejas en la ciudad
ISBN: 978-1-54336-446-0

Published in the United States of America

1 2 3 4 5 6 7 8 9 KP 27 26 25 24 23 22

Contenido

Te presentamos a las abejas

¡Hoy los cinco amigos vibran de emoción! Van a visitar al vecino de Martín, el señor Cardenal, quien cría abejas en su patio y los invitó a todos a ver cómo viven.

Señor Cardenal

Para atraer más abejas a las áreas urbanas, muchas ciudades motivan a las personas a construir colmenas en sus patios.

Escuela

Casa del Sr. Cardenal

Nick

Sandra

Sé un buen amigo

Las abejas se alimentan de las flores. Y así como nosotros necesitamos comer una variedad de alimentos, las abejas necesitan alimentarse de diversos tipos de flores.

El señor Cardenal ayuda a las abejas cultivando un gran jardín con diferentes flores silvestres. Los cinco amigos le echan una mano al señor Cardenal con las labores del jardín.

Las abejas están padeciendo porque no pueden encontrar la amplia variedad de flores silvestres que necesitan. Los pesticidas y fungicidas pueden afectar también a las abejas. Cuando las abejas no están lo suficientemente fuertes y saludables, pueden morir a causa de parásitos e infecciones que normalmente no les harían daño.

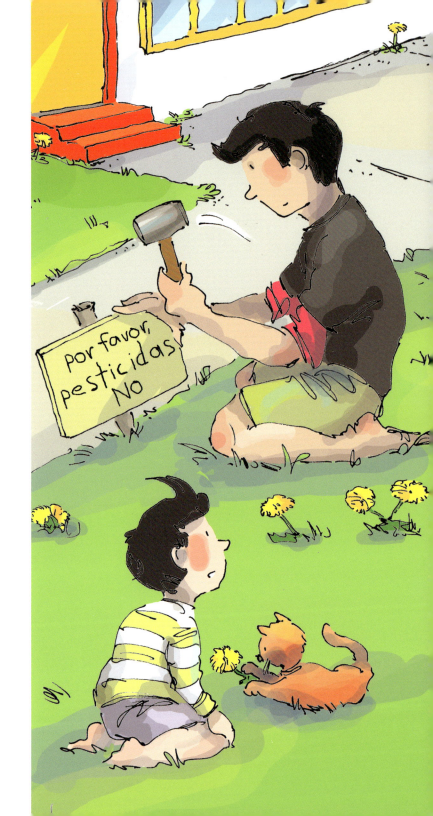

Cultiva un jardín

El señor Cardenal y los cinco amigos van a la tienda de jardinería a buscar flores que sean buenas para las abejas, para sembrarlas. Quieren asegurarse de que las abejas del señor Cardenal estén bien alimentadas.

Las abejas se desplazan muchas millas para encontrar flores, pero prefieren alimentarse cerca de sus colmenas. ¡Una abeja puede visitar más de mil flores en un día!

Necesidades de las abejas

En la tienda de jardinería, eligen especies nativas, o sea plantas que son originarias de esa área. Esas son las que más les gustan a las abejas. Los niños ponen en el carrito todas las plantas buenas para las abejas que logran encontrar.

Las abejas se alimentan de dos cosas, y ambas se encuentran en las flores. El néctar, que las abejas convierten en miel, contiene mucha azúcar y les brinda energía. El polen les aporta proteínas y grasas.

¡Siembra esto y protege a las abejas!

Margarita
Cilantro
Azafrán
Hinojo
Lavanda
Amapola
Salvia
Campanilla de invierno
Girasol
Tomillo

Amigas naturales

Después, el señor Cardenal lleva a los niños al jardín para polinizadores que hay en el vecindario.

—Estas flores atraen a polinizadores, como mariposas, abejas y avispas —dice el señor Cardenal.

—¿Qué hace un polinizador?
  —pregunta Sandra.

—Lleva el polen de una flor o una planta a otras —explica el señor Cardenal.

Uno de cada tres bocados de comida que ingerimos proviene de plantas polinizadas por abejas. Sin las abejas habría muchas menos frutas, verduras y nueces.

¡Las flores necesitan de las abejas!

¡Y las abejas necesitan de las flores!

¡Son amigas en la naturaleza!

Hogar, dulce hogar

—¡Miren! —grita Martín—. ¡Un nido de abejas!

Las abejas construyen sus nidos con cera que proviene de sus estómagos. Una abeja hembra mastica la cera y la mezcla con su saliva, o baba. Cuando termina, la mezcla tiene la textura perfecta para construir una celda de cera. Varias hileras de estas celdas constituyen un panal. Muchos panales juntos forman una colmena, o nido.

Esta figura de seis lados se llama hexágono. Es la forma perfecta para las celdas de un panal porque no desperdicia espacio ¡y es súper fuerte!

¡Arriba las abejas!

Pedro descubre que en el terreno vecino hay una construcción.

—¡Eso era antes un terreno vacío!

A medida que las ciudades crecen, muchos espacios que solían ser hogar de las abejas están desapareciendo. Pero cada vez más las ciudades están encontrando maneras de recuperar la naturaleza; las personas están convirtiendo sus jardines y azoteas en hogares para abejas.

Si se deja un terreno vacío en manos de la naturaleza, muy pronto estará lleno de flores y plantas buenas para las abejas.

Juntos es mejor

De regreso en el patio del señor Cardenal, los amigos observan a las abejas en acción. En una colmena, cada abeja hace una labor, y todas trabajan en equipo. Ninguna abeja puede sobrevivir sola.

—Tienen tareas asignadas que deben llevar a cabo, ¡así como nosotros en la casa! —dice Pedro.

Sólo hay una reina y es la hembra más grande de la colonia. Hay unos cuantos cientos de zánganos en cada colmena, pero puede haber hasta 80 000 abejas obreras.

Un zángano es una abeja macho. Su trabajo es aparearse con la reina para que pueda poner huevos.

¿Es abeja o no?

Yuli se da cuenta de que no siempre es tan fácil identificar a las abejas porque otros insectos, como avispas, escarabajos y polillas, pueden parecerse bastante a ellas. El señor Cardenal les enseña a los cinco amigos cómo distinguir una abeja.

Obrera   Reina   Zángano

Una abeja agita las alas más de 200 veces por segundo. ¡Por eso zumba!

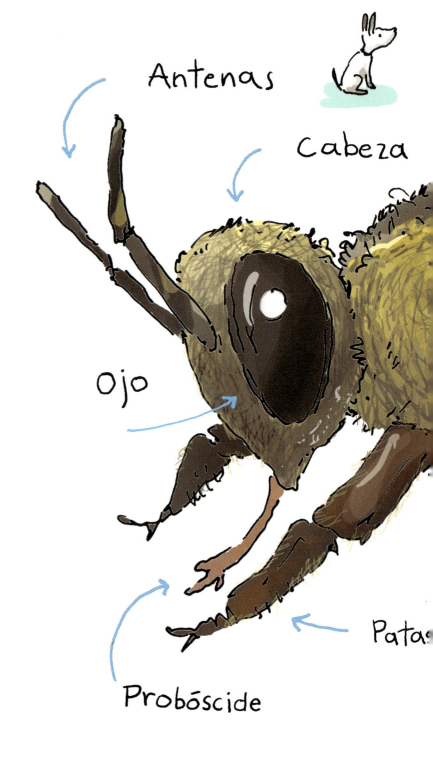

Antenas

Cabeza

Ojo

Probóscide

Patas

¡Ellas danzan!

Las abejas se entusiasman, igual que nosotros, ¡y a veces hasta bailan! Cuando una abeja regresa de forrajear, baila para comunicarles a otras abejas dónde encontró comida. Una danza en círculos quiere decir que hay flores cerca. Una "danza meneada" y en forma de ocho, indica que las flores están lejos, y les muestra en qué dirección volar.

La dirección y extensión de cada meneo les dice a otras abejas exactamente dónde pueden encontrar polen y néctar. Mientras más se menea la abeja, ¡mayor es la cantidad de comida disponible!

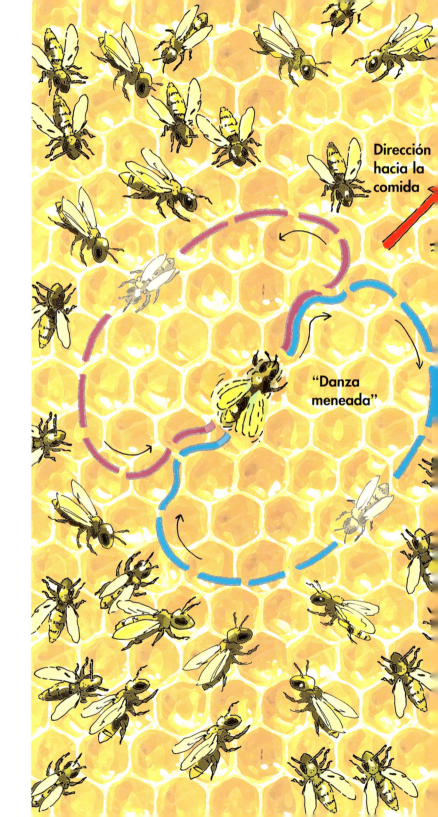

Dirección hacia la comida

"Danza meneada"

¡Ey, eso pica!

—¡Ayyyy! —grita Nick.

Las abejas pican para ahuyentar a sus enemigos. A nosotros una picadura puede causarnos bastante dolor, inflamación, enrojecimiento y comezón… pero para la abeja es mucho peor. Cuando una abeja te pica, su aguijón con púas, se desprende de su panza y la abeja muere.

Por fortuna, el señor Cardenal sabe qué hacer para ayudar a Nick. Le extrae el aguijón lo más rápido posible, lava la picadura con agua y jabón y le pone hielo. Les explica que debemos tener mucho cuidado cuando estamos cerca de las abejas. Algunas personas pueden ser alérgicas a las picaduras de abejas sin saberlo.

¡Hora de recolectar la miel!

Cuando llega el momento en que la colonia de abejas ha producido más miel de la que necesita, el apicultor puede sacar un poco. Los apicultores usan trajes protectores para evitar que las abejas los piquen. El señor Cardenal tiene otro truco para protegerse.

—El humo calma a las abejas —explica mientras quita la tapa de la colmena.

El señor Cardenal raspa la miel del panal y la pasa por un filtro para separar la cera. Después, los niños lo ayudan a ponerla en frascos, y ¡está lista para el mercado!

Un animado día en el mercado

Apoyar a los apicultores, granjeros y jardineros de la localidad es una de las mejores maneras de ayudar a las abejas.

En donde tú vives, ¿hay un mercado local?

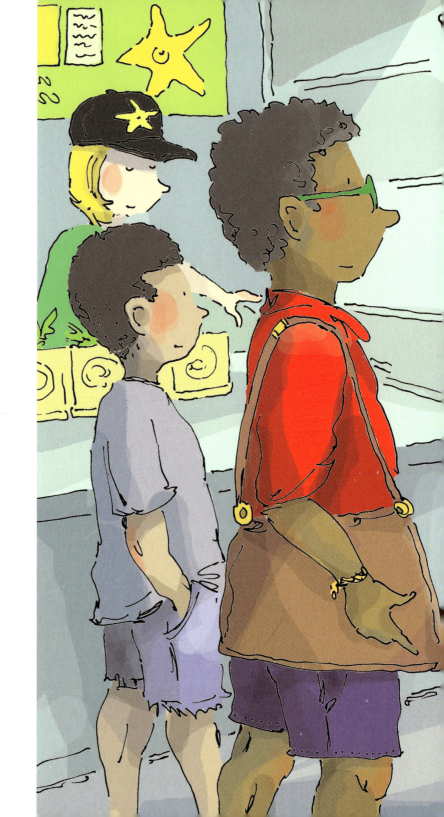

Sé un buen vecino

¿Quieres ayudar a las abejas? ¡Haz una fuente para abejas en tu jardín!

Necesitarás un platón de vidrio o cerámica, no muy hondo; piedras, guijarros o canicas, y agua limpia.

1. Coloca los guijarros, o piedras pequeñas, en un plato que no sea muy hondo. Esto les brindará a las abejas un sitio para posarse mientras beben.

2. Coloca el plato en un lugar del jardín que tenga sombra.

3. Ponle un poco de agua, apenas suficiente para que las piedras no queden cubiertas.

Ahora las abejas pueden beber y llevar agua a casa, para las larvas y para enfriar la colmena.

No olvides reponer el agua. ¡Una colmena usa un cuarto de galón de agua al día!

¿Tiene tu escuela un jardín para polinizadores? A lo mejor puedes comenzar a hacer uno. Prepárate para dedicar tiempo a cuidar el jardín; las plantas necesitan que las rieguen y las poden.

Y recuerda: a las abejas les encanta la flor del diente de león.

¡Deja que la naturaleza se haga cargo! Pronto, las plantas crecerán ¡y las abejas estarán agradecidas!

Palabras para aprender

alergia a las picaduras de abeja: cuando el sistema inmunológico de una persona reacciona a la picadura de una abeja como si fuera extremadamente dañina. Una persona que tiene una reacción alérgica a una picadura de abeja puede presentar dificultad para respirar, hinchazón de la lengua o los labios, urticaria, mareo, vómito o pérdida de la conciencia.

colmena: lugar donde vive un enjambre de abejas

colonia: familia de abejas, que comprende una reina, zánganos y obreras

especies nativas: plantas que crecen de manera natural en un área y que no proceden de otras partes del mundo

forrajear: buscar alimento

fungicida: sustancia química que se usa para matar los hongos que dañan las plantas

infección: cuando gérmenes nocivos invaden el cuerpo, ocasionando enfermedad y malestar

larvas: abejas bebés, antes de que se transformen en adultos

néctar: líquido azucarado que hay dentro de una flor

parásito: una cosa viviente que vive y se alimenta de otra cosa viviente, a menudo causándole daño

polen: sustancia en polvo que se transfiere de una flor a otra para hacer más flores

polinización: acción de mover el polen de una flor a otra

polinizador: animal, como una abeja, un murciélago o una mariposa, que transfiere el polen de flor en flor

¡Activos como abejas!

Los cinco amigos están de regreso, y esta vez zumban de entusiasmo mientras ayudan a su vecino a cuidar la colmena que tiene en el patio. Mientras trabajan con el apicultor, aprenden todo sobre las abejas y la gran importancia de mantener fuertes y saludables las poblaciones de estos insectos. Únete a ellos mientras descubren:

- cómo se desplazan las abejas para hallar alimento;
- por qué el mundo depende de las abejas para polinizar muchas de las plantas que comemos;
- qué sucede en el interior de una colonia de abejas;
- por qué se están reduciendo las poblaciones de abejas;
- cómo atraer abejas a los jardines urbanos.

¡Vamos a ayudar a las abejas!

Otros libros de la serie *Exploremos nuestra comunidad* disponibles en español

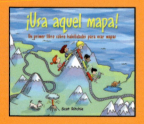

VISTA
HIGHER LEARNING

SANTILLANA USA

ISBN: 978-1-54336-446-0

90000

9 781543 364460